U0724638

紫茎临风

陈春强 著

ARTTIME
时代出版

时代出版传媒股份有限公司
安徽文艺出版社

图书在版编目（CIP）数据

紫荆临风 / 陈春强著. -- 合肥 : 安徽文艺出版社，
2025. 1. -- ISBN 978-7-5396-8177-1

Ⅰ. I227

中国国家版本馆 CIP 数据核字第 2024FJ2408 号

紫荆临风
ZIJING LINFENG

出 版 人：姚　巍
责任编辑：胡　莉　　　　　　　封面设计：李　超

出版发行：安徽文艺出版社　www.awpub.com
地　　址：合肥市翡翠路 1118 号　　邮政编码：230071
营 销 部：(0551)63533889
印　　制：永清县晔盛亚胶印有限公司　(0316)6658662

开本：700×1000　1/16　印张：13　字数：150 千字
版次：2025 年 1 月第 1 版
印次：2025 年 1 月第 1 次印刷
定价：69.50 元

陈春强，自号关山，安徽肥东人，合肥市市直机关公务员，古典诗词爱好者。

目录

五　律

词

五

绝

紫茎临风

登冠头岭 [①] （新韵）

驱车冠头岭，海日正熔金。
回望来时路，深林映隙曛。

庐山观云亭 [②] 吟

危立千寻壁，崖倾谷更深。
观云云不见，风急月闲心。

口占一绝

山径罕人迹，野林风独清。
何时绝尘境？钟鼎等闲轻。

[①] 冠头岭：位于广西北海市的西南端，北部湾畔。
[②] 观云亭：位于庐山牯岭街北。亭前有一块平坦的巨石，是观看云海的理想场所。

早春吟

春草涨寒池，新巢垒老枝。
年年复还景，岁月自为师。

郊游吟

（一）

晴光转草坪，野水出蛙声。
一季脱然至，尘间物候明。

（二）

风生柳条末，紫叶出枯枝。
一水横今古，青山日可期。

（三）

碎花生乱草，自在吐幽芳。
不羡枝头上，一隅胜玉堂。

紫藤花吟

一时千串发，春色入花深。
架下闲看久，幽香暗染襟。

问　石^①

一滴相思泪，长流千万年。
三生结成石，何故白云边？

---

① 　石：指飞来石，位于安徽省黄山风景区平天矼。

咏栀子花

清香何处发？寂寞灿窗台。
不问主人意，但知随性开。

咏　蝉

高枝饮天露，午热更清音。
但等金风起，客身不复寻。

看　山

雨歇余山雾，鸟鸣音更佳。
秋风起林际，松气入清怀。

晚 归

五彩泼西空，山沉斜照中。
寒烟笼秋树，石径载归翁。

辛丑白露节吟

凉夜白生露，焉滋荷叶干？
星河暗移位，君请镜中看。

游白马山 ①

不作玉堂客，此方胜辋川 ②。
苍槐空抱影，白马卧云烟。

---

① 白马山：位于安徽省肥东县长临河镇境内。
② 辋川：位于陕西省蓝田县南。唐王维曾置别业于此。

中秋望月

盈盈积衣袖，耿耿出中天。
拂去还相赠，人间照不眠。

暮登铜陵五松山①

五松山上树，曾见谪仙人。
江水今无异，风吟倍觉亲。

晚步天井湖②

欹步秋风岸，独钟天井湖。
人生何所往？此际最堪娱。

---

① 五松山：位于安徽省铜陵市境内。唐李白曾三次游历于此。
② 天井湖：位于安徽省铜陵市境内。

独 饮

一杯复一杯，深浅莫相催。
与尔结盟后，此生当不违。

参观两弹城①

一星②耀苍宇，两弹筑精神。
国士深山隐，九州从此春。

谒陇西院③

依旧陇西院，未闻公酒香。
犹存宅基土，明月寄思量。

---

① 两弹城：位于四川省梓潼县，原九院（中国工程物理研究院）院部旧址。
"两弹"指原子弹、氢弹。
② 一星：指人造卫星。
③ 陇西院：位于四川省江油市青莲镇，系唐李白故居。

偶　得

日暮归来急，迎门泰迪欢。
众生何有异？虑少自心宽。

山中抒怀（新韵）

林深土肥厚，山瘦叶飘零。
日暮归游处，独余一浪翁。

山中偶得

绿茶①松下饮，岚雾浸闲身。
归鸟欢愉叫，盘旋问故人。

———————

①　绿茶：指一种瓶装饮料。

和摩诘杂诗①

寒梅已开尽，游子却天涯。
不解沧桑事，梦魂遥望家。

2017 年 4 月于北京

端午忆祖父母②

门楣艾草香，柴院饮雄黄。
历历儿时景，思亲泪几行！

2017 年 5 月

感　怀

三载闲云里，壮心冰雪凉。
吴钩空在手，何处试锋芒？

2017 年 12 月

① 摩诘杂诗：唐王维，字摩诘，其《杂诗三首》之一："君自故乡来，应知故乡事。来日绮窗前，寒梅著花未？"
② 祖父母：祖父陈金顺，1996年11月2日去世；祖母刘梦芸，2001年4月27日去世。

无题（新韵）

中岁颇无力，心悬天地间。
身如山涧草，气弱在霜前。

游敬亭山 ①

久慕敬亭山，相期大有年。
身迷云雾里，心语寄诗仙。

2018 年 2 月 19 日

夏日雨景（新韵）

泼墨九重霄，疾风停树梢。
底空闪龙影，雷震跳珠逃。

---

① 敬亭山：位于安徽省宣城市区北郊。

雨后即景（新韵）

雨后庭中坐，荷香暑气消。
翠竹滴露响，岚雾蜀山飘。

乘凉有感

虫鸣草丛下，风过树枝摇。
独对青山坐，一时万事消。

归　思

一周复一周，光影案前流。
待到归田日，身心相与酬。

独步山林（新韵）

斑驳树影杂，萧瑟晚阳花。
山路罕人迹，风吹鸟乱答。

山中暮景（新韵）

夕照层林表，换着金缕衣。
空山装日影，归鸟戏桑榆。

蜀麓日暮吟（新韵）

暮云时聚散，返景耀西天。
飞鸟长空没，孤松觉影寒。

午夜星云（新韵）

宿云遮九霄，星没近晨朝。
三两漏天外，风吹忽又逃。

楼顶观日出（新韵）

鸿蒙日初上，似倒老君炉①。
碎火金汤散，一隅七彩浮。

蜀山月

一轮蜀山月，万里共霜辉。
竟夕清风影，相看意莫违。

---

① 老君炉：指传说中太上老君的炼丹炉。

心境（新韵）

藤下紫花垂，青烟漫翠微。
结庐山寺侧，出入自不违。

日暮吟

炉火熔金粉，长空尽染云。
人间事如幻，日月去纷纷。

栀子花迟开吟

邻园香已尽，幽馥鼻尖来。
何意竟迟发？素心酬主开。

秋　夜

院静虫声急，星河夜更佳。
草间生白露，秋思落天涯。

秋叶（新韵）

日暮秋风劲，焜黄次第呈。
终归一时盛，岁去各飘零。

闲日（新韵）

仰天观紫气，抱影卧青石。
飞鸟逐风远，松涛四野驰。

秋日登蜀山（新韵）

飞霜覆林草，寒树干云霄。
路尽山头见，微躯百丈高。

咏冬日月季花

众芳摇落尽，月季抵寒开。
未若三春艳，犹生骨气来。

山归（新韵）

云雾接天涌，松梢凝露珠。
山风忽阵起，滴雨满归途。

山鸟（新韵）

居家蜀山久，众鸟自相熟。
昨日坡林见，敛翮歌旧途。

开福寺①梅花（新韵）

寂寂寺东隅，寒梅向太虚。
幽芳自枝下，无意客来趋。

2020 年 1 月

雪 人

阴云久不开，为砌玉瑶台。
天境梨花落，雪人含笑来。

---

① 开福寺：位于安徽省合肥市大蜀山南麓。

庚子春日

寂寞梨桃灿，纵横草木舒。

春心当此发，疫阻万村庐。

夜　坐

久坐秋霄里，轻寒月下生。

忧思不得解，何处问阴晴？

2020 年 11 月 2 日

摘菜有感（新韵）

雨细叶微翻，新珠入土眠。

采摘多不忍，诗意起丛间。

2020 年 11 月

感　吟

（一）

伫立衙斋侧，自怜身影孤。
幽情缘物发，拭目望天衢。

（二）

且作山林客，乐从陶谢游。
阶趋暂时远，目尽白云浮。

2020 年 12 月 10 日

咏　梅

移梅北窗下，独自苦寒开。
未负天生性，缘何香不来？

2020 年 12 月 16 日

雪中行吟

飞花向寒乐，如约聚空台。

野旷山林寂，幽人独往来。

2020 年 12 月 29 日

山中夜行

山空多落木，坡陡少人行。

滴露发间湿，天寒气更清。

2021 年 1 月 6 日

登岘山 ① 抒怀

积雪岘山北，苍松守岁寒。

无碑仍堕泪 ②，人事老来难。

2021 年 1 月 3 日

---

① 岘山：安徽省肥东县包公镇境内的一座小山。

② 堕泪：指堕泪碑，位于湖北省襄阳市岘山上，又名"羊公碑"。唐孟浩然《与诸子登岘山》诗中有"羊公碑尚在，读罢泪沾襟"句。

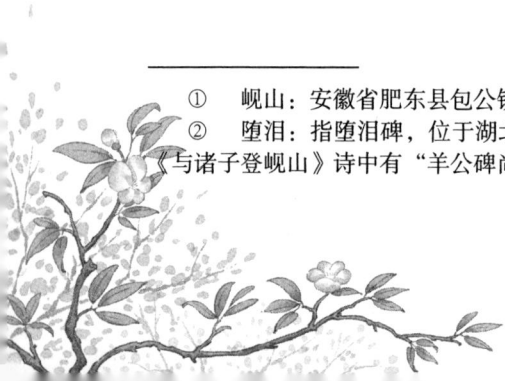

转迁感吟

人生何所似？天地一飘蓬。
来去因风起，东西南北中。

2021 年 5 月 17 日

偶　吟

自春不触事，衣上酒痕深。
闲处光阴好，心空真意临。

2021 年 5 月

冬日山行

暮色入深林，不闻尘世音。
衣单畏寒石，相悦有鸣禽。

匡河晨吟

天时怜冻草，朝日照荒冈。
不作阮途哭，蕾萌枝上芳。

迎　雪

飞雪空林积，琼枝趁夜生。
时将换新历，丰岁候相迎。

咏残雪

林雪半消残，春风隔岸看。
谁知身后意？留待柳条欢。

初春残雪吟

天寒水清浅，残雪映深林。
树杪新萌蕾，始闻春起音。

咏扫雪环卫工人

扫尽千街巷，寒怀湿雪花。
市人忙取景，但念早还家。

初春溪行

闲来溪石上，坐听水回音。
不等东风起，林间飞野禽。

赴故人饮

故人邀我饮，未赴早弹冠。
不话千秋事，聊图一夕欢。

咏春雪

生本无尘境，不妨落地融。
入泥无愧色，曾舞在苍穹。

咏油菜花

冰雪着凡身，玉枝不染尘。
花黄出新籽，榨尽更资民。

五

律

紫茎临风

愤遣悲怀 (新韵)

五载文牍苦，今辞警令部。
蜀山松月闲，泚水波涛怒。
不羡满堂歌，惟图高尉去。
秋风虐柳勤，岸上春来富。

2013 年 12 月

杜甫草堂^① 游吟

暂作苦行僧，相携自在身。
草堂追圣迹，花径祭诗魂。
碑刻高风骨，枝残浊泪痕。
公忧何至此? 天下岂惟君!

---

① 杜甫草堂：位于四川省成都市青羊区，是唐杜甫流寓成都时的居所。

登峨眉山金顶①（新韵）

狂风起天野，万里卷云来。
四面虚无境，十方乐善台。
青莲映佛性，金顶断尘埃。
我欲乘槎②去，祥光尽入怀。

归　兴

林下消闲客，独行天地间。
微身从未负，万事始无关。
邀月蜀山麓，御风清水湾。
长安虽米贵，半世未低颜。

---

①　峨眉山金顶：也称"华藏寺"，位于四川省乐山市峨眉山主峰上，海拔
3077米。

②　槎：木筏。传说中来往于大海和天河之间的木筏。

山居（新韵）

西窗自然醒，携犬入林湾。
夕照染天色，风吹泛酒颜。
无人问幽径，群鸟舞空山。
偶卧松石上，浮云看我闲。

登白马山①吟

永日清闲度，寻幽白马山。
浮云知我意，流水照秋颜。
树杖拂蛛网，菊花开谷湾。
主峰时远近，路曲更登攀。

---

① 白马山：位于安徽省肥东县长临河镇境内。

偶　吟

家本山林客，偶谋一担薪。

阶前难见采，陌上自相亲。

剑化锄犁铁，心随鱼鸟身。

传杯邀月饮，松竹解迷津。

假日海滩^① 游吟（孤雁格）

性野白云边，椰林树下眠。

浪花临岸破，海水接天圆。

事少人间主，心平海外仙。

滩头望无尽，渺渺起风帆。

---

①　假日海滩：位于海南省海口市西部滨海大道旁。

忆晓影塘 ①

一池明镜水，早岁若天堂。
春种菱角籽，夏裁荷叶裳。
耕牛倾颈饮，归鸟占巢忙。
最忆塘东径，祖孙担谷筐。

紫竹吟（新韵）

我种北窗竹，森森数百株。
春临笋错落，秋近叶扶疏。
细雨青苔色，微风紫干乌。
节根何所用？权作钓鱼浮。

2016 年

---

① 晓影塘：系故乡村东一池塘。

忆蜀麓派出所（新韵）

承天砺长剑，逐梦铸忠魂。

昔日铿锵语，而今慷慨心。

身随调令去，情予警徽存。

三载共生死，思来泪满襟。

2016 年

哭少陵 [①]

少陵称腐儒 [②]，千古颂痴愚。

茅屋秋风破，江郊血泪呼。

百年传苦恨，万里客长途。

多少炎凉事，湘舟载病躯。

2016 年 12 月

---

① 　少陵：唐杜甫自号少陵野老。

② 　腐儒：唐杜甫《江汉》诗"江汉思归客，乾坤一腐儒"，自称"腐儒"。

冬夜无眠（新韵）

三更不堪寐，辗转静听声。
稚子鼻息小，寒窗竹叶鸣。
新愁云外落，幽绪雾中升。
胁下无双翼，天山难再登。

2017 年 1 月

独饮（新韵）

（一）

今夕复独饮，岁月任流空。
蝼蚁徒穴死，鹰鹏向远生。
匆匆非过客，郁郁有枭雄。
且尽杯中物，穷达不自惊。

（二）

心向山林往，樵耕堪解忧。
幽兰深谷见，黄雀北枝啾。
素憎堂皇宴，时尝云母粥。
叩壶频自问，何处有芳丘？

（三）

一季忽西沉，何时复又春？
东风生万物，好雨润层林。
尘事壶前忘，闲忧杯里存。
陶翁乘化去，思虑远纷纭。

（四）

白发日驱催，吾生何处归？
秋风遣霜至，明月守时随。
尘事多相忘，德音须莫违。
君观名利场，若个不成灰？

（五）

贫居故人远，独饮少尘烦。
世事任相迫，人生岂复还！
眼前虚雾重，楼下玉兰欢。
敢问高天意，焉夺杯里酣？

（六）

年来唯好静，鼎沸乐不闻。
云淡松风爽，月明江水亲。
陋身阶下没，真意酒中寻。
晨醒复趋走，清心不染尘。

合家游绍兴（新韵）

江南远游处，童叟笑颜开。
子女倏忽长，椿萱日渐衰。
苍天遗永寿，祥瑞入贫宅。
岁月云端里，融融意满怀。

2017 年 5 月 5 日

谒文丞相[①]祠（新韵）

里巷祥云聚，凛然风气先。
贞节名万世，功业盖千川。
不死书生笔，长存志士言。
顾瞻凝义色，泪落布衣衫。

2017 年 5 月 29 日于北京

① 文丞相：指南宋民族英雄文天祥。文丞相祠坐落于北京东城区府学胡同。

登山杂思（新韵）

一日复将晚，林深岚雾迷。

我生忧岁去，物命喜年集。

大化①终无尽，新晴犹可期。

山高自当险，何用畏崎岖！

2017 年 6 月

初到黄州寄苏公②（新韵）

乌台诗案立，冤狱痛千秋。

青史阴云散，苍空淫雨收。

公曾临赤壁③，我亦在黄州。

细味当年事，人生各有修。

2017 年 10 月 6 日于黄冈

---

① 大化：指宇宙，大自然。

② 苏公：指北宋苏轼。

③ 赤壁：指位于湖北黄州城西的东坡赤壁，又名"文赤壁"。

咏故宅（新韵）

故宅徒四壁，心上日荒芜。
寸土亲情在，长空旧影浮。
庭深杂野草，檐破戏蜘蛛。
素有翻新意，欣欣待复苏。

2017 年 10 月

林　下

独坐幽林下，冥思复不思。
沙沙风欲起，缓缓日将辞。
黄雀盘旋叫，青松懵懂知。
闲人少如我，随意放收枝。

2017 年 11 月

田园居（新韵）

种菜蜀山陲，朝夕赏翠微。

云腾成化境，雾趱浸长眉。

人事多相忘，天时从不违。

青苗此间盛，夜雨掩柴扉。

冬雾故园行

村巷一何静，清晨鸡犬声。

廊檐时隐见，阡陌自交横。

雾散寒塘角，风侵白草坪。

孑然随处立，不了故园情。

2018 年 12 月

小寒节吟（新韵）

漠漠小寒日，柴门长作关。
发疏犹懒洗，衣破且随穿。
新镜从不照，旧书当下翻。
幽思逐雾起，细数尚余年。

2019 年 1 月

咏南园芦花（新韵）

生本沼泽地，分移市苑中。
相邻尽熙攘，隔岸少桑蓬。
剪剪寒风立，谦谦雪影重。
不为尘气染，有水自葱茏。

2019 年 1 月

送魏君赴任

闻君玉堂去，落落望层云。
杨柳未相送，芝兰当互存。
昔耕蜀山下，今纵大湖滨。
载誉归来早，清风共入樽。

2019 年 3 月

游园寄友

三月新翻土，青虚混草香。
孤峰落红豆，泌水涌金汤。
席地鲜花近，仰天思意长。
何方可终老？此处忘名缰。

2019 年 3 月

中坝① 湾追怀（新韵）

一湾原上水，鹭鸟下河滩。

老柳抒新意，小桥识旧颜。

离言犹在耳，思泪已垂肩。

欲诉归人苦，茫茫春草寒。

晨登大蜀山有怀（新韵）

永夜多残梦，鸡鸣登蜀山。

浮云聚东野，旭日向中天。

四顾新楼立，独怜幽草闲。

由来为何事？林下好流连。

2019 年 4 月

① 中坝：故乡的一条母亲河，流经村东南。

早起菜园行

初曙退残宵，欣欣露湿苗。
柔丝向空卷，阔叶顺风摇。
一夜新枝壮，数畦金蕊娇。
闲来独看久，袖手任逍遥。

咏葵花（新韵）

玉立柴门院，风姿向日生。
黄巾围笑脸，绿萼衬羞容。
物性犹恒固，枝形可变通。
秋来何所惧？誓不卧榛丛。

凉台露宿吟（新韵）

轻摇旧蒲扇，仰卧看星云。
斗转移松影，河倾隐水痕。
劳思飞瀚海，暑气退千门。
蜀麓凉台上，独悬月一轮。

湖天夜筵（新韵）

醉坐青天上，舟行牛斗间。
浑身任流月，遍野自飘岚。
伸手摘星去，击舷看水还。
杯空忘相问，今夜是何年？

2019 年 8 月

舟行湖中（新韵）

风月水边生，湖天无片云。
姥山魈影动，青岸碧涛闻。
舟入银光碎，星移夜色新。
持樽邀故旧，相看泪沾巾。

2019 年 8 月

山居秋吟（新韵）

独对秋山坐，诗情随景生。
丛林尽霜染，薄雾化云腾。
雁去催时老，蓬飞冀晚晴。
谁人共当下？相醉不相争。

2019 年 10 月

己亥末感怀（新韵）

日月倏忽尽，今朝又落晖。
关山路迢递，风雨意崔嵬。
一觉蜉蝣梦，孤身蓬草飞。
精钢绕柔指[①]，允我枉凝眉。

2019 年 12 月

贺北斗系统开通

北斗出苍穹，乾坤路更通。
百年无尽辱，万里快哉风。
河汉中天纵，星辰大海逢。
试看谁与敌？欣告老仙翁[②]。

2020 年 8 月

---

① 西晋刘琨《重赠卢谌》诗中有"何意百炼刚，化为绕指柔"句。
② 老仙翁：指北斗系统首任总设计师孙家栋院士。

元日琐记

2021年元旦,余应张道德、陈继玲夫妇之邀,与陈军、陈继平、陈圣天、陈桂玲等本族亲友相聚于肥东县城店埠镇,是以记。

元日竟如常,驱车还故乡。
亲朋酤斗酒,情意恣充堂。
相问无多事,但期居小康。
殷殷颂文德^①,不顾满头霜。

2021 年 1 月 1 日

海南逢关副赵君寄怀（新韵）

天涯几曾远,不意复重逢。
开宴琼楼上,班荆率语中。
海风吹老酒,椰树笑乡翁。
岁月任长久,斟酌情更浓。

2021 年 4 月 30 日

---

① 文德:指故乡陈文德村,亦为始祖名。

次韵赵君包河洋槐花开

雨急池塘上，斜风百转萍。
声粗强作势，色佞巧呈形。
时境生愚钝，空怀守性灵。
任由天气幻，云散识辰星。

岁末咏怀

一年坐看尽，深自惜蹉跎。
木落荒坡出，潭空野鸟歌。
天风熄心火，世事入江河。
时复登楼望，云山暮色多。

七
绝

独　饮

（一）

三两酱香融菜香，一人独对一秋凉。
感风吟月多少事，此夕同时飞醉乡。

（二）

一人一碟一杯壶，笑对青山独自娱。
天意从来吾不解，殷勤向晚但屠苏。

（三）

醉语连连不着边，劝君莫笑此时癫。
何曾着眼吴张品？幸自江湖多玉莲。

（四）

酒醉横床万事休，劳劳车马梦中求。
一年三百几时日，俱与王侯一样流。

（五）

东篱把酒赏菊花，杯尽壶倾兼味杂。
适意人生算陶令，无朋催饮自加压。

（六）

几缕青烟傍袖香，书斋独饮兴犹长。
酒钱尚有闲处好，三两时同陪玉皇。

（七）

竹树新围小院墙，荷风吹雨溅西窗。
晚来无事对山饮，暂做神仙入醉乡。

观庐山瀑布

玉珠飞溅危空响，峭壁千寻一线开。
倾尽银河九天水，故成绝景引仙来。

庐山印象

万壑飞声珠玉溅，山头日照各从容。
横斜坐卧风云幻，苍翠流空叠九重。

惊蛰吟

惊雷未起雨潇潇，草木欣欣比麦苗。
天上人间声息动，等闲心底涨春潮。

观院中海棠有感

东风尽染尘间树，墙角一株更艳妆。
漫道海棠花色好，时来几个不风光？

谷雨时节宿太平湖

谷雨时飘皖南道，松风引我近湖山。
太平一水生蓝玉，无限诗情落九寰。

海棠花吟（孤雁格）

零落魂飞春正浓，繁华深处已无踪。
时来犹自凌寒发，不与群芳声气同。

咏油菜花

点点金黄郁郁香，经冬不为凑春光。
花开花落无限意，万户盘中余味长。

山中行吟

石径通幽木叶新，深山翠雾醉行人。
总迷春色时归晚，宿鸟枝头前世身。

草堂^① 吟

草堂一亩寓穷年，锦水^②生魂未去川。
不解蜀人何吝啬，迟赠诗家三百田。

---

① 草堂：杜甫草堂，位于成都市。杜甫当年求得草堂之地不足一亩，现如今，杜甫草堂占地足三百亩。
② 锦水：锦江，岷江分支，位于成都平原。

游峨眉山

竹杖敲山声震天，芒鞋溅水笑崖前。
青苔随我深林去，云雾迷花石径寒。

谒冯子材 ① 将军旧居

肃风忽过军门府，犹带当年战马声。
国难抬棺驱法寇，神州尽颂但耆翁 ②。

春夜游园

月映池塘水清浅，蛙鸣四野试春声。
闲身暂寄红尘外，不虑明朝晴雨行。

---

① 冯子材：晚清抗法名将、民族英雄，其故居位于广西钦州。
② 耆翁：指冯子材将军。

偶　思

绿浪翻摇春海深，晴光恣意转山林。
不妨长作江湖客，日与渔樵相对吟。

初登黄山

半生粗识松林韵，云海无求近佛心。
雾雨湿衣风阵阵，山深一路壁千寻。

太平湖晨景

杂树生山鸟鸣涧，春风湖上自悠闲。
水天一色空云雾，鱼戏微波幸此间。

夜归吟

夜饮归来半醉颠，扶墙却问月何眠。

人生几易春秋梦，长恨尘心未入禅。

儋州怀苏公 [①]

节烈身危客儋耳 [②]，结茅载酒自犁耕。

阿婆别驾笑春梦 [③]，九死南荒传世名。

观金银花感吟

金银怒放蝶嗡嗡，谢后风光独寂空。

却问君心何不解，花间人世两相同。

[①] 苏公：指苏轼。

[②] 儋耳：海南儋州的古称。

[③] 此句中"阿婆"指春梦婆；"别驾"指苏轼，时被贬为琼州别驾。相传，苏轼贬官海南，遇一老妇，其谓苏轼曰："内翰昔日富贵，一场春梦。"

夏夜坐听雷雨吟

风逐惊雷雨急倾，连天暝色遍飞声。
露台坐望山头景，忽有故人心上萦。

晚归吟

穿林踏月还归晚，误入邻家浅水潭。
一阵松风吹酒醒，蜀山今夕胜终南^①。

思　乡

夕照耕牛田野上，一生梦里尽家山。
谁知璀璨城中景，不敌炊烟袅袅闲。

---

① 终南：终南山，位于陕西西安市南。

咏城中行道松

本是深山幽洁身，偶移街市陷埃尘。
眼前看尽蝇头利，不屑繁华守性真。

秋钓暮归吟

细雨秋风荷叶残，苍然暮色四垂天。
南山野径迟迟客，一任空空鱼篓闲。

秋声吟

夜半虫声院角凄，风生幽咽草低迷。
秋心何故逐残梦？露冷枝头月向西。

夜宿露台吟

（一）

蒲扇时摇小竹床，满园深绿出清凉。
寺钟未响山门寂，独有闲人凑句章。

（二）

蛩音未断鸟晨啼，一夜迷蒙月隐西。
小院竹床清梦好，风吹秋树叶萋萋。

（三）

彻夜虫鸣不舍停，寒台待晓露重生。
铮然一叶石阶落，无尽秋思无尽情。

（四）

凉床布被待秋风，湿雾若无不肯空。
莫道先生酣睡美，轻音慢奏有寒虫。

（五）

仰天高卧数星星，永夜微光四野萦。
一曲苍茫歌永世，秋思长向故园生。

（六）

天当穹顶地当床，一夜和风归故乡。
梦里不知双鬓雪，村头又作放牛郎。

（七）

断续蛩音断续风，星光每与去年同。
不知双鬓秋霜里，零落稀疏日渐穷。

（八）

月上中天风入怀，星云落海洗尘埃。
可怜今夜松竹影，摇曳庭前催梦来。

（九）

蒲扇轻摇月下风，银光竹影落身空。
一天澄碧云作马，满载闲情飞玉宫。

（十）

风卷钟声出寺门，一弯缺月化迷津。
竹床蒲扇仰天卧，渐忘红尘渐忘身。

（十一）

夜雨床前暑气消，竹枝摇曳梦逍遥。
鼾声入画清如许，山色微明又一朝。

（十二）

拂面风凉始觉秋，虫声起落绕层楼。
不知今夕云宫里，可有蛾眉向月愁？

秋日吟

风息枝头暮色沉，几多黄叶入秋深。
不知寒意几时起，归雁一行惊客心。

口占戏吟

半生僚属立阶边，且得饱餐身有棉。
何不学陶抛掷去？又忧孺子又忧钱。

咏石榴果

一夜秋风深着迷，红衣紧裹压枝低。
水晶房结珍珠骨，玉液冰腔胜枣梨。

咏暮秋石榴

空挂秋风何所持？子身烂死不辞枝。
一朝翻入尘下土，骨肉连根犹见痴。

赴川机上吟

来往人间路欲迷，九重天上没高低。
如今西向真经少，不抵墙东剑换犁。

逛宽窄巷[①]

烟火人间宽窄路，几堪欢喜几堪愁。
行停无可无不可，今夕余闲随客流。

---

① 宽窄巷：位于成都市青羊区，是清朝遗留下来的古街道。

山顶远观都江堰水利工程

万里岷江入大荒，风摧秋木暮烟苍。
追寻川主^①勤问道，一水二分^②天地康。

陇西院粉竹楼吟

天宝山^③青终未归，月圆^④长恨一生违。
空余浪迹诗千首，粉竹楼^⑤前几夕晖。

拜陇西院李白塑像

天地浑成绝世才，风尘老去一何哀。
先生教我邀明月，我敬先生手上杯。

----

　　① 　川主：指战国时期李冰，其在修建都江堰后，病逝于四川，葬于什邡市洛
水镇章山之上，被后人尊为"川主"。
　　② 　一水二分：岷江江水在鱼嘴一分为二。
　　③ 　天宝山：唐李白故居陇西院，位于四川省江油市青莲镇天宝山麓。
　　④ 　月圆：指李月圆，唐李白胞妹。
　　⑤ 　粉竹楼：唐李白胞妹李月圆居住的闺楼。

日晚访羌寨 ①

西羌笛韵无闻处，神木寨前空怅然。
欲步石楼寻古迹，巧逢山女赠歌筵。

咏小院南天竹

（一）

秋深串串冰清骨，偏向霜寒斗酒红。
万里移来真好运，不须复虑待东风。

（二）

秋风尽染珍珠色，一岁光阴此最痴。
红豆犹疑不堪比，枝头意重更相思。

---

① 羌寨，即西羌神木寨，位于四川省北川羌族自治县通口镇。

（三）

串串丹珠为谁结？柴门风雨夜归人。

最怜月下玲珑影，从此相知永作邻。

偶　吟

满园风月一畦绿，聊赠寻常几菜蔬。

无事犹堪捉虫去，近来不读古人书[①]。

记　梦

三十年前真梦里，逍遥津[②] 渡遍桃花。

光阴犹在枝头失，旧影依稀日影斜。

---

① 古人书：化用辛弃疾《西江月·遣兴》中"近来始觉古人书，信著全无是处"之意，感叹古人书中所言在现实中难以信守奉行。

② 逍遥津：位于安徽合肥老城区东北隅，古为淝水上的津渡，今被辟为公园。

蜀山秋景

（一）

暮色苍凉黄叶飞，秋深水浅野凫肥。
空山静待惟闲客，麓下松风吹布衣。

（二）

疏林斜照染秋黄，目尽苍空故意长。
自是霜寒出风骨，孤松抱节破残荒。

（三）

深浅红黄绝韵姿，霜根气劲自瑶池。
可人不独春风暖，漠漠轻寒正妙时。

（四）

秋木萧萧暝色沉，滩头涨落水痕深。
岸台长笛飞声远，几许愁情动客心。

立冬吟

冷雨随风惊竹枝，荷塘剩水映残姿。
萧条满目天何负？可待春江花月时。

悼堂祖父 ①

去年把手话家常，今岁归来哭寿堂。
勤苦一生修正寝，苍天飞雪痛离殇。

2016 年 2 月 3 日

农家田园小景

丝瓜藤绕近云霄，豆角葱茏气象娇。
草底虫鸣枝上鸟，农家且自享逍遥。

---

① 　堂祖父：名陈金初，于2016年2月仙逝于故乡，享年84岁。

吊中都皇城遗址 [1]

（一）

皇城古道没残阳，遥望星河点点光。
盖世豪强去何处？空余荒草诉凄凉。

（二）

鸦鸣雀叫守皇城，一片荒芜漫古今。
似见华门冠盖影，眼前黄土覆风尘。

2016 年 8 月

徽州行（新韵）

（一）

陶公笔下武陵春 [2]，行走徽乡寻古心。
不见渔樵风浪影，村中尽作客游人。

---

[1] 中都皇城：明洪武二年（1369）建，遗址位于凤阳县城西北。
[2] 武陵春：出自陶渊明《桃花源记》所记载武陵渔人入桃花源之事。

（二）

松竹叠韵群峰侧，黛瓦灰墙映旧痕。
秋意斑斓溪瘦去，青条石上绕余音。

2016 年 10 月

山中春景

叶欣风劲漾芳菲，云际天光染翠薇。
山上四时多幻梦，行人痴醉不思归。

望钱塘江（新韵）

独立钱塘望古今，风翻浪涌没前人。
尔来青史豪强著，应载黎民一片心。

2016 年 11 月

记新四军军部旧址游（新韵）

间株银杏间株松，一路秋云一路风。
红色征途继遗志，燎原星火耀苍穹。

2016 年 11 月

重游卢村水库①（新韵）

碧浪夕晖碎万珠，青山但共水争姝。
今来故地重游走，慷慨飞扬醉复苏。

2017 年

游京城琉璃厂②

古韵书香玉满堂，娇娥曾舞伴才郎。
公车③来往影何处？美梦余温枕画梁。

2017 年 2 月 17 日

---

① 卢村水库：位于安徽省广德市东南太阳山与小灵山之间。
② 琉璃厂：位于北京和平门外，清代参加科举考试的举人大多住在此处。
③ 公车：代指赴京应试的举人。

清明祭祖（新韵）

新诗吟罢泪飞扬，满纸追思欲断肠。
岁岁清明烟雨里，怀橘①独对柳丝长。

2017 年 4 月 5 日

丽泽桥②头感怀

扶栏独立望京华，千古穷通沉土沙。
岁月雄心一并老，此身依旧客天涯。

2017 年 5 月于北京

遣怀（新韵）

斟酌前事怕趋迎，闲步一隅心自宁。
拂袖翩然从未悔，一生率性任说评。

2017 年 5 月

---

① 怀橘：指三国时期陆绩怀橘遗亲之典故，后指代思亲孝亲。
② 丽泽桥：位于北京市丰台区。

京城逢姜君

故人俱作京华客，六里桥①头日影斜。
市井声闻曲声远，一壶浊酒话天涯。

2017 年 5 月 21 日

京华逢故人王君（新韵）

别后人生倏五载，机缘修尽巧逢君。
相倾意气盛杯酒，不枉当年结蕙心。

2017 年 5 月 24 日

赴京途中咏怀（新韵）

云卷心空身在途，青山隐隐载江湖。
京华此去晴还雨，天意不知人力无。

2017 年 8 月

① 　六里桥：位于北京市丰台区。

窗前听雨

淅沥梧桐雨不休，寒风落叶入泥沟。

窗前久伫无人语，过客京华心上秋。

2017 年 8 月于北京

携子游北京

八月京城秋气爽，深宫里巷引儿郎。

风光赏尽兹游乐，父子相携岁月芳。

2017 年 8 月

雪后暮游南湖生态公园（新韵）

千里垂云欲触山，四方凝重地生寒。

时觉枝上幽香下，轻取梅花照雪前。

秋云（新韵）

染尽层空赤橙紫，九霄席上玉壶翻。
蟠桃园里谁家醉？锦绣闲抛堆满天。

忆祖父母（新韵）

仰天高卧轻摇扇，风动情思忆旧年。
肆意承欢东谷地，音容隔世驻心间。

秋雨惊梦

蛙声断续草虫鸣，秋雨敲窗客梦惊。
此境惟应故乡有，城中今夕若何生？

欲雪（新韵）

铅色沉沉苍宇低，风寒尽虐老棉衣。
粼粼池水翻微浪，夜散梨花应可期。

南园闻开福寺钟声

水上冰封静无语，寒亭寂寂对枯枝。
钟声起落蜀山下，难洗尘心未了时。

春节远游（新韵）

千里劳劳作客行，四方烟火不相迎。
新桃①随处融融日，却忆家山陌上冰。

2019 年 2 月 4 日

① 新桃：指新桃符，即新春联。

游姑苏山塘街① (新韵)

七里山塘七里灯，渡僧桥②下水含情。
姑苏有幸白公③过，德润江南泽后生。

2019年2月9日

初春海棠 (新韵)

几许轻寒檐下垂，娇娇新蕾怯风吹。
玉颜何夜堪烛照？好使闲人探细微。

早春游园

草萌荒土气新开，影乱波平入画来。
幽径生香花暗发，无人不喜上高台。

---

① 山塘街：位于江苏苏州古城西北，按古制计量，街长约合7里。
② 渡僧桥：位于江苏苏州阊门外古运河上，相传此桥为僧侣所建。
③ 白公：指唐白居易。

菜园吟（新韵）

雨落乌云跳玉珠，青椒隐隐有还无。
俗心乐此田园境，时下闲翻种菜书。

雨后纳凉

雨霁云飞日已斜，松风解暑入人家。
竹床高枕当天仰，心静闲听四野蛙。

立春前夕游吟

一潭寒水白波轻，寸寸春心随草生。
不待花枝向阳发，游人已自踏山行。

观汉式集体婚礼有感[①]（新韵）

十里春风入汉家，眼前人面胜桃花。
倾怀执手青天下，争引新俗万户夸。

2019 年 3 月 30 日

春日蜀峰湾

水光浮动柳风轻，远近春声各自鸣。
坡上葱茏流翠色，停云闲处小舟横。

咏荷花（新韵）

池上芙蓉浴暑开，清风过影阵香来。
生平不惧污泥厚，为有高格入素怀。

---

①　2019年3月，余应共青团合肥市委之邀，在安徽合肥市庐阳区三国遗址公园参加汉式青年集体婚礼仪式。

日暮南湖公园行步

曛黄微染小池塘，噪噪蝉声暑未央。
葱翠围人行画里，白云落水溅荷香。

采石矶① 吊李白

牛渚矶头看水流，诗名激荡下千秋。
风清浪隐高踪在，捉月骑鲸不羡侯。

2019 年 8 月 6 日

环巢湖行

日暮霞飞水天境，渔舟向岸载金晖。
一湖月色随波起，风物撩人暂忘归。

2019 年 8 月

---

① 采石矶：又名"牛渚矶"，位于安徽省马鞍山市雨山区。

过西山公园 ①

长恨苍天晴未了，春来兀自结蚕丝。
如今只剩空皮骨，不似西山耳语时。

小儿开学寄语（新韵）

十二春秋步欲飞，鲲鹏击浪正当为。
但期吾子得真解，无难无灾展笑眉。

2019 年 9 月 1 日

秋夜吟（新韵）

缺月空明积地霜，秋虫语切草间凉。
西风摇碎斑驳影，今夜无人共桂香。

2019 年 9 月

① 西山公园：位于安徽省合肥市环城公园西段。

祭东坡墓^①（新韵）

瘗玉郏城润瘠土，生波汝水^②唤诗魂。

格同日月垂千古，才比天高反累君。

2019 年 10 月 2 日

有感苏东坡之不合时宜

不合时宜非独君，从来白鹤厌鸡群。

但因才绝心机少，穷达俱传盖世文。

初冬暮游蜀山南湖公园

淡抹褐黄深浅红，千家安隐画林中。

若无似有烟霏雨，一树寒巢待寂空。

2019 年 12 月

① 东坡墓：宋苏轼墓，位于河南郏县城西小峨眉山东麓。
② 汝水：源于河南嵩县，流经汝阳、郏县等地后注入淮河。

庚子立春日感怀（新韵）

一枝新紫沐东风，似向人间寻旧朋。
谁遣瘟君还地府？好教万物共从容。

2020 年 2 月 4 日

大蜀山春行

乍醒枯寒物候新，黄鹂穿柳应时鸣。
孤峰映下水清浅，簇簇桃花自顾生。

闲赏油菜花

馥郁香凝蜂蝶惊，金衣翠羽舞轻盈。
兴来闲坐春风里，日影空长庄梦生。

紫藤花下吟

扶疏叶下紫藤花，柔蔓绳萦曲又斜。
小院香风吹酒醒，好收吾意寄天涯。

日暮吟（新韵）

孤峰滴翠迫楼台，日暮疏林结网筛。
看取西空云莫测，闲情几许入诗怀。

无题（新韵）

堂上书生累月忙，公文堆里鬓斑苍。
偶观衙外青葱色，一缕春风忽入窗。

2020 年 5 月

金银花吟（新韵）

黄昏院落暗香浮，随意金银花卷舒。
雾鬓烟鬟欹翠蔓，犹堪对语饮屠苏。

蜀山骤雨图

飞泉层叠下苍台，溅玉生花去复来。
万壑流声击空响，晴光一道忽云开。

立秋感吟

微躯碌碌气冲霄，浊酒入肠颇自骄。
许我东坡半分地，还他秋日稻香飘。

2020 年 8 月

小儿十三周岁生日寄语

玉节初成玉树新，逐年比近摘星辰。

东风赠汝千钧力，应与群芳争早春。

2020 年 11 月 19 日

冬日观鸟巢

暮色灰蒙天欲雪，枯枝顶上走寒风。

可怜寂寂巢中鸟，莫怨无情一看翁。

2020 年 12 月 13 日

年终感怀

一岁忧劳终入忆，空山万物待新时。

仰天无愧公门事，岂得世间人尽知！

2020 年 12 月 30 日

咏　怀

辛苦遭逢只自寒，微躯送目越重峦。
一腔血泪几抛尽，难得青天相顾看。

2021 年 1 月 31 日

无　题

地僻官闲竹比邻，带薪调适好修身。
不妨且记九天语，半读诗书半掩门。

2021 年 9 月

闲　饮 [①]

浓香此夕散嚣街，灯影笙歌入客怀。
难得高楼相醉语，芳华岁月载江淮。

2021 年 10 月 4 日

---

① 　2021年国庆假日，邀高中班主任李茂华老师和同学谢信永、李安荣闲聚。

立冬日作

窗外斜风吹急雨，炭炉闲煮酒壶温。
故人旧事频如幻，白发新添又几根。

2021 年

夜半看新购铜鹤吟

竹影交横入玉虚，空明月色漫无余。
蓬莱夜半鸣仙鹤，万里飞来栖我居。

入冬吟

尽地荒枯容不得，世间万绿共消沉。
老枝犹向寒空劲，风雨岂堪违故心？

2021 年 11 月

初冬山景

零落山空秋已尽，红黄数片挂枝头。
荒寒非自笔端出，任尔情多难止留。

蜀峰湾公园冬吟

凛凛霜风下麓湾，小池清浅草根寒。
梵音时越松林外，似送枯荒入旧年。

月夜南湖闲步

月入空林石径幽，小溪寒水绕荒丘。
中天银色惊山鸟，似笑先生袖手游。

元日有怀

寒气犹盈紫气空，人间最苦老时穷。
东风但到江南岸，无数心花向日红。

小寒节有怀

一年寒意比冰冷，不觉今朝过小寒。
谁解穷时个中味？严冬犹见野梅欢。

观南湖夜景咏怀

一片街灯分两界，繁华隔岸总难亲。
如何学得陶翁法？不负南山不负真。

晨登蜀山

遥目山枯近觉春，红梅点点出荒邻。
石阶层叠入云去，东起朝阳又一轮。

初雪赏梅

雪舞苍空落无影，白头枉作对梅红。
收枝欲近放枝远，不尽寒香天地中。

除夕夜归吟

乡心车载夜驰行，一路烟花为我鸣。
新绿枝头人尽望，还应切切算归程。

蜂梅戏春

占尽南坡无限光，春风拂蕊下天香。
微身何故枝头苦？为报东君采蜜忙。

雪 中 吟

絮乱枝萌不是春，心花且许逐时新。
等闲看取眼前景，幸有寒松好比邻。

春 归 吟

东风不入池中水，藻荇依然换绿衣。
春到人间最相惜，多情更引柳条飞。

七

律

紫茎临风

春日游沈园①

沈家园里春如故，玉殒香消八百年。

凭吊遗踪犹下泪，细察老柳自吹绵。

倾心一阕《钗头凤》②，沥血千盅镜里鸾③。

不解东风何以恶④，从来薄命付红颜。

和《蜀相》⑤（新韵）

丞相祠堂千古存，锦官城里客纷纷。

雕梁似刻千秋业，战鼓犹传蜀汉魂。

两表⑥忠贞报殊遇，满门英烈践同仁。

鞠躬一世身心累，长使人间仰至尊。

---

① 沈园：位于浙江省绍兴市越城区，因宋陆游与唐琬的爱情故事而闻名。

② 《钗头凤》：词牌名，陆游与唐琬曾作《钗头凤》相唱和。

③ 镜里鸾：指代"镜里孤鸾"的典故，喻夫妻生死离别、孤独悲哀。

④ 陆游《钗头凤》词中有"东风恶，欢情薄"句。

⑤ 《蜀相》：唐杜甫所作律诗。

⑥ 两表：指三国时期诸葛亮所作《前出师表》《后出师表》。

黄山光明顶看日出不得

芒鞋踏破径深幽，直向光明顶处游。
云海翻腾迎远客，松峰隐没化孤丘。
有情旭日无缘见，适意人生何处求？
明灭荒荣尽当景，是非万事眼前收。

游五松山

五松山上踏幽径，太白[①]未逢针叶香。
雅韵千年载江水，高怀此地著诗章。
孤杯清酒邀明月，一副狂姿饰盛唐。
公去风吟故情永，我来着意学裁裳。

---

① 太白：唐李白，字太白。

游大通镇和悦洲 [1]

万里沙沉和悦洲，空林落寞大江流。

残垣映草秋风下，麻石陈阶古渡头。

营寨森森擂戍鼓，盐仓累累鼎神州。

繁华声色今何在？一水悠悠逝不休。

游青城山 [2]

西蜀行游第一峰，祖师杳杳不知踪。

上清 [3] 雾霭仙旗失，古木枝柯天路封。

问道青城人未老，寻幽曲径意方浓。

平生似合此山住，无尽情怀空独钟。

---

① 　和悦洲：位于安徽省铜陵市西南处的长江中，20世纪二三十年代被誉为"小上海"。

② 　青城山：位于四川省都江堰市西南，中国道教名山之一，被誉为"西蜀第一峰"。

③ 　上清：指上清宫，位于青城山第一峰半坡，始建于晋代。

寄南天竹 ①

佛国南来竹几枝，风情占尽入秋时。

经霜艳艳相思色，凝露谦谦孤洁姿。

岁月清闲自为侣，山林幽韵可当师。

君身安处空无境，我寄台阶暂作痴。

忆老屋（新韵）

故园望断长空杳，稚子牵衣垄上吟。

庭后苍松犹兀立，枝头黄雀各吱音。

经年仕宦皆当客，归日乡邻亦作宾。

每忆穷庐避风雨，心魂系处泪痕深。

2016 年 1 月

---

① 南天竹：又名"南天竺"，相传自印度移来，与佛教有关。

送李君之任巢州

闻君荷担赴巢州，猎猎旌旗百丈楼。
璞玉沉沙逢圣主，英才挥剑斩蛟虬。
凤凰山^①下将施策，忠庙^②湖滨好荡舟。
一曲清歌故人意，峥嵘岁月竞风流。

2016 年 6 月

谒禹王庙^③（新韵）

史册曾闻禹帝功，今朝方始步仙踪。
荆涂^④对望隔淮水，日月相随生蕙风。
三过家门身示范，首盟诸夏^⑤位高崇。
登临纵览山川色，追仰英名响万峰。

2016 年 7 月

---

① 凤凰山：位于安徽省巢湖市区北部。
② 忠庙：又名"中庙"，位于安徽省巢湖市境内，始建于元朝，被誉为"湖天第一胜境"。
③ 禹王庙：位于安徽省蚌埠西北涂山之巅，为纪念大禹治水之功绩而建。
④ 荆涂：指荆山、涂山。
⑤ 首盟诸夏：指禹首次会盟中原各个诸侯国。

漫步淮河蚌埠闸 ①

脉脉悠悠千古流，风情引我上桥头。

扶栏远眺天边水，侧耳倾听渚上鸥。

黑虎山 ② 巅松木茂，蜻蜓翼下浪花休。

古今多少英雄泪，洒入淮河载万舟？

2016 年 7 月

访来燕堂 ③（新韵）

循史访踪王谢 ④ 府，乌衣巷 ⑤ 口住年华。

秦淮河 ⑥ 畔桨声影，朱雀桥 ⑦ 头柳絮花。

方悟圣贤堂上语，又观将相案前匣。

狂澜力挽千秋业，万世恩泽百姓家。

---

① 蚌埠闸：淮河中游大型水利枢纽工程，位于安徽省蚌埠市西郊淮河中游。
② 黑虎山：位于安徽省蚌埠市境内的蚌埠闸南面。
③ 来燕堂：位于江苏省南京乌衣巷王谢家族故居内。
④ 王谢：指东晋大臣王导、谢安两大豪门家族。
⑤ 乌衣巷：位于江苏省南京市秦淮区，是晋代王、谢两家豪门大族居住地。
⑥ 秦淮河：南京的母亲河，是长江下游右岸支流。
⑦ 朱雀桥：位于江苏省南京市秦淮区，为东晋时建在秦淮河上的一座浮桥。

暮秋游杭州西湖 ①（新韵）

明珠遗落人间久，毓秀山川天上无。
五彩绫罗凤凰舞，一峰烟霭玉皇呼。
残荷灵韵犹别样，衰柳风骚亦特殊。
我欲长留随月住，余生诗意载西湖。

2016 年 11 月

拜岳王庙 ②（新韵）

栖霞岭下风云幻，还我河山震古今。
黄土一抔彪汉史，丹心万丈越昆仑。
乾坤同恨莫须有，父子相依 ③ 不可分。
自古惟崇岳王庙，鲜花无尽祭忠魂。

2016 年 11 月

---

① 杭州西湖边有凤凰山和玉皇山两座风景名山，且流传有神话传说。
② 岳王庙：位于浙江杭州西湖畔栖霞岭下，是历代纪念民族英雄岳飞的场所。
③ 父子相依：岳王庙内岳飞墓与其长子岳云墓相邻。

七
律
105

巢湖双亭老家 ① 游（新韵）

公堂事况正沉酣，半日偷闲赴麓湾。
独院小门藏洞府，双亭老店有壶天。
农耕岸上松云下，渔钓湖边水月前。
满座高朋浑忘我，涛声入室悦心田。

2016 年 12 月

咏窗前海棠（新韵）

冰壤初融海棠下，春光无限占枝头。
一明半暗亭亭立，万点千重朵朵羞。
似引浮生白日梦，当还尘世杞天忧。
东风吹醉复吹醒，胜却群芳最入眸。

2017 年 2 月

① 双亭老家：位于安徽巢湖岸边的一处农家乐休闲场所。

谒兰亭①（新韵）

溪清竹翠绕兰亭，信步芳丛未见君。

曲水流觞传古韵，奇文载史撼今魂。

依稀书客当空舞，慷慨风琴随意吟。

此处山岚熏纸笔，碑林解意待何人？

2017 年 5 月

过卢沟桥②有感（新韵）

宛平城里尽东风，永定河边百鸟鸣。

烽火漫空曾血染，忠魂映日更心惊。

云流天际壮怀烈，狮吼桥头浩气升。

勇士脊梁化山岳，中华从此复迎新。

2017 年 5 月 30 日

---

① 兰亭：位于浙江绍兴城西南兰渚山下，因东晋王羲之书法名作《兰亭集序》而闻名海内外。
② 1937年"七七"卢沟桥事变成为全民族抗日战争的起点。

衙中遣怀（新韵）

朝朝堂上沉沉坐，无补江山任岁荒。

不待东风老方到，何妨阴雨晚来狂？

扁舟欲寄平生梦，槽枥常闲匹马缰。

自古情多常寂寞，芦花深处看夕阳。

2017 年 9 月

游黄州东坡遗迹（新韵）

雪堂①深隐东坡上，赤壁无声数里遥。

风物依稀当下景，碑林犹见往昔豪。

千年遗爱凭词赋②，斯处生香借浪涛。

久伫松间对公语，相闻竹响透云霄。

2017 年 10 月 7 日

① 雪堂：宋苏轼在黄州时建的茅草房，自名"雪堂"，故址在今湖北省黄冈市东。

② 词赋：指苏轼在黄州所作的二赋一词，即《前赤壁赋》《后赤壁赋》和《念奴娇·赤壁怀古》。

十二月八日夜 (新韵)

隐隐包河^①少月华，岸边灯火尽人家。

老枝徒向苍空诉，白发不堪寒露压。

影笑碧空娇面好，鸿惊清水秀眉黠。

年来眼涩枯无泪，今夜长愁对落花。

2017 年

闻海上大阅兵

南海风云铁甲流，雄师劈浪傲寰球。

冲天精武酬明主，撼岳豪情卫九州。

甲午硝烟^②犹未散，戊戌^③浩气断不休。

亿万军民同奋起，可收台岛颂春秋。

2018 年 4 月

———————

① 包河：位于合肥东南旧城墙外侧，因其为北宋名臣包拯及其后裔居住地而
得名。

② 甲午硝烟：指中日甲午战争。

③ 戊戌：指戊戌变法。

闻合肥获中央文明办嘉奖

公文新出赞庐州，泪落汪洋且不收。

慢读册中名第七，争衡宇内算一流。

湖山赐我青云剑，岁月还他白雪楼。

莫叫春风熏醉倒，诸君勠力再行舟。

2019 年 3 月 20 日

小院遐思

近日时来小院忙，秋风替我下天浆①。

弯身慢捡离枝果，吸气深闻落叶香。

雅韵悠然追五柳②，幽思纷扰赴三湘③。

扁舟若载蓑衣去，一任江河万里长。

2019 年 11 月

① 天浆：石榴的别称。
② 五柳：东晋陶渊明号五柳先生。
③ 三湘：古诗文中多泛指湘江流域及洞庭湖地区。

瞻仰嘉兴南湖红船寄怀

2019年12月，余随合肥市委党校县（处）级干部进修班同学参观嘉兴南湖红船。

苦雨飘摇沧海流，昌隆国运系红舟。
党纲方启神州路，荣史将藏岁月楼。
大业欣欣起吴越，满怀烈烈壮春秋。
丰碑长矗南湖岸，更引男儿把戟钩。

2019年12月

夜雨望山（新韵）

佛门深闭八方寂，独坐楼台听寺钟。
时下时停梅子雨，忽疾忽缓柳梢风。
隔空相望蜀山翠，近岁常忧世路穷。
已自繁华过一半，无须人道异还同。

2020年6月

访槐林镇

天高山远出清秋，片片金黄替我留^①。
芦荻萧疏浅洲外，菊花凌傲古村头。
槐林咀上时开景，鱼石崖边更解忧。
帆影空无飞雪浪，凉风催下一沙鸥。

2020 年 11 月 14 日

祭烈士陵园

辛丑年清明节前夕，市委党校主体班学员祭大蜀山烈士陵园。

瘗玉青峰蕴烈辉，清明细雨每无违。
碑高魂入星辰里，血热气凭天地飞。
不见神容生涕泪，惟崇志意化芳菲。
皖山皖水如君愿，今岁吾曹唤汝归。

2021 年 4 月

---

① 金黄：指成片的金黄色晚稻。此句意指，时任槐林镇党委书记的王成满同学戏称，专门为我留下一片金黄色稻浪以候赏玩。

转迁再吟

事到老来常自笑，满楼冠带独身微。
笙歌且奏他人曲，诗句堪缝过客衣。
佞语影随怜逐吏，贞行霜染哭湘妃。
无根柳絮因风起，时去贤愚皆有归。

2021 年 5 月 17 日

首次参加全省地震趋势会商会戏作

马甲一穿坐局中，独惭识少入鸿蒙。
对牛弹曲师惊恨，与虎谋皮我傻疯。
方术玄深究天地，德才平浅剩虚空。
安之何计谗言累？逐客从来不畏穷。

2021 年 5 月 21 日

悼袁公隆平院士（孤雁格）

禾下乘凉梦未圆，斯人忽去待谁传？
信知天国无饥馑，何使神州失俊贤！
一世躬耕育新种，千秋尽颂下青田。
吴刚虽有桂花酒，不及稻香坡野间。

2021 年 5 月 24 日

观《长津湖》①

单衣冰食，异域山川。血尽骨重，气壮九天。仰祭英木，浊泪潸然。谁之幺女？谁之儿男？

东援赳赳老秦兵，日月同歌向死生。
血作长津湖里水，魂成万古册中名。
冰雕静卧拼豪气，骨肉横飞开太平。
四座无人不拭泪，俱怀家国九重情。

2021 年 10 月 7 日

---

① 《长津湖》：以抗美援朝战争第二次战役——长津湖战役为背景拍摄的一部电影。

参观北川 ① 老县城地震遗址

地裂山崩已有年，哀声犹在耳边传。

满城残断含腥雨，四野风烟吹纸钱。

枝上乌鸦嘶故地，墙头荒草没长天。

众生度尽方为愿，何日堪将种福田？

2021 年 10 月 13 日

感乔冠华在新中国恢复联合国合法席位会议上之大笑

千色旗翻立玉堂，东方欲破晓苍苍。

仰天大笑震朝野，平地惊雷逃虎狼。

五秩 ② 风云先辈苦，百年魂梦子孙强。

阳春一曲乔公 ③ 唱，共沐恩波大道长。

2021 年 10 月 25 日

① 北川：北川羌族自治县。2008年5月12日，老县城在汶川大地震中被夷为平地，现作为地震遗址博物馆。

② 五秩：截至2021年10月，新中国恢复联合国合法席位已50周年。

③ 乔公：指乔冠华，时任中华人民共和国外交部副部长。

感台海形势

海外孤悬九州土，长天自古共风烟。

千重山水连一脉，两岸人文融万年。

蔡氏谋分竞相恶，于公^①哭望若何怜！

宜将王法^②施南宇，不使中华有破残。

2021 年 10 月 30 日

谒刘壮肃公^③墓

台岛遥看一水分，风涛隔岸两相闻。

千秋巡抚守疆土，甲午号啕^④痛律文^⑤。

青史长彪伟功业，故山永忆大将军。

仰公侠骨除蒿草^⑥，报国从来藐战云。

2021 年 11 月

---

① 于公：指国民党元老于右任。

② 王法：指"一国两制"。

③ 刘壮肃公：刘铭传，字省三，号大潜山人，安徽合肥人。清朝名臣，台湾省首任巡抚。

④ 甲午号啕：刘铭传秉性刚直，数度或被革职或归隐。听到甲午战败，割让台湾的消息后，他一病不起，死前面向台湾号啕痛哭："苍天啊，还我的台湾！"

⑤ 律文：指中日《马关条约》。

⑥ 蒿草：喻"台独"分子。

无　题

三十年前笑靥留，如今梦里尽寒秋。

惊看半世吾独老，遥对九霄心不休。

隔岸绿杨空待影，近天碧海望穿眸。

何人更去蓬山路？传语殷勤勿报忧。

偶遇环卫工冬日街头露天午休感怀

地冻天寒散卧身，无遮无被任风尘。

长街扫净枉多力，残雪移空却少亲。

岂解人心各知命？不由吾意独怜贫。

尚思尽日清闲去，愧对东家足月银。

辛丑除夕咏怀

残阳西去大江东，时运来回主岁丰。
雪末霜花眼前幻，天心人意世间通。
新桃初贴思故影，陈酒浅斟香朔风。
客泪不流异乡席，今朝何事惹衰翁？

观《长津湖之水门桥》咏志愿军战士

故园回望肝肠断，万里从戎东向开。
但得子孙无战火，肯将骨肉化尘埃。
雪寒岂比心头恨？情切更怜场上哀。
自古英雄触人泪，凌烟台阁待君来。

词

紫茎临风

忆江南

（一）

巢湖好，

碧水映长空。

草际悠然双白鹭，

船头寥落一渔翁。

雾重浸芳丛。

（二）

巢湖好，

影入水中天。

中庙梵音云外落，

姥山[①] 幽草涧边闲。

柳岸系归船。

---

① 姥山：巢湖中心一小岛。

（三）

巢湖好，
夕照水天红。
隐隐渔歌归橹晚，
轻轻柳浪舞枝丰。
此忆与君同。

（四）

巢湖好，
玉带系湖滨。
天杳云停曾共远，
影移山转总相亲。
何日更为邻。

（五）

巢湖好，
至味有湖鲜。
三白常年惊客梦，
一盘尽岁佐余欢。
清水结奇缘。

（六）

巢湖好，
风月水同流。
白浪微传通素影，
清光浮动托兰舟。
惟记玉颜羞。

（七）

巢湖好，
湖石最多情。
陷隔三生垂血泪，
痴分两岸结红晶。
潮水击巢城。

（八）

巢湖好，
日月聚文峰。
涌雪千层风有尽，
凌虚万顷势无穷。
今夕与谁从。

（九）

巢湖好，
曾记泛平波。
载酒行舟归旧夜，
追云逐月学东坡。
俯仰岁蹉跎。

千秋岁 · 记梦游

湖东湾处。赤石嶙峋阻。
汪洋上，风帆举。
当空飞鸟下，日影随波去。
蝉声紧，悬崖顶上天低树。

水岸长时伫。云下柔声诉。
轻唤汝，相扶顾。
意驰湖面阔，笑惹姮娥妒。
香梦断，犹余茉莉芳如许。

踏莎行 · 夜游清明上河园 [①]

光转楼阁，

水铺锦缎。

今宵穿越清明卷。

酒幡香引下天仙，

吆喝声起千千店。

彩柳 [②] 摇秋，

玉桥横岸。

繁华无尽红尘染。

汴河一水为谁流，

可堪载负当年愿。

---

① 清明上河园：位于河南省开封市，是一座以北宋张择端的《清明上河图》为蓝本建造的历史文化主题公园。

② 彩柳：指霓虹灯五颜六色的光打在柳树上形成的图像。

长相思

相见欢，付心肝，
醉倒蓉城①小巷前。
长歌莫倚栏。

念旧颜，问婵娟，
花好经年何日还。
踌躇为哪般。

---

① 蓉城：四川省成都市别名。

西江月·独饮

转眼三春将尽，
芳菲歇去归无。
闲来清酒就时蔬。
今夕不知何处。

初月一弯笑我，
蜀山正对穷庐。
新愁总入旧杯壶，
风雨明朝几许。

采桑子

天风弹月银辉下，
地接新光。
树染清凉。
满耳蛙声起柳塘。

玉楼金阙不曾往，
倒也无妨。
传语吴刚。
浊酒今宵分外香。

临江仙

世事纷纷东逝水，
恍如昨梦前尘。
归来且自守天真。
花前吟古调，月下卧松云。

日日心游千万里，
何曾移步廊门。
春风桃李种何人。
明年无限景，不是去年春。

西江月 · 游桄榔庵 ①

家住牛栏西侧，
酒红常染衰翁。
桄榔林下亦从容。
笑取阿婆春梦。

世事无常流转，
与谁老去春风。
兹游奇绝已成空。
九死南荒人颂。

---

① 桄榔庵：坐落于海南省儋州市中和镇南郊，是苏轼谪居儋州期间的住所。

行香子

暮雨轻寒。梧叶微残。
赖西风、悄换人间。
风光何去，不似当年。
有几丝苦、几丝泪、几丝欢。

斜倚危栏。立望关山。
想多少、旧事云烟。
登高每自，欲语无言。
对一秋草、一秋水、一秋颜。

行香子

几两微银。且得安身。
许逍遥、何苦劳神。
冰澌终尽，时过无痕。
看泰然山、浩然气、淡然云。

长安行道，时人纷色，
尽熙熙、衣履蒙尘。
山林廊庙，谁幻谁真。
拟诗为亲、酒为友、竹为邻。

忆少年

飘零暮雨，飘零枯叶，飘零倦客。
山林近相望，
怅秋风乖隔。

往昔年华难再得。
有多少、旧事心迹。
晚来把酒盏，
对眼前破壁。

行香子

几度寒鸿。漫地凄风。
更黄叶、零落枝空。
步行荒径，思接苍穹。
对此秋山、此秋水、此秋容。

不妨归去，渔樵终老，
任苍天、笑煞衰翁。
半生好在，未负丹衷。
但几行诗、数杯酒、一株松。

青玉案

年光容易催人老。
雁又去、长空杳。
四野轻寒余夕照。
登临送目，
悠悠秋水，
尽向千山绕。

西风愁起何时了。
记得穷欢在年少。
吾拟殷勤一问好。
古今明月，
等闲辜负，
当世情多少。

西江月

醉后不知南北，
狂歌岂虑秋风。
寒虫引我过桥东。
不见当年田垄。

直使江湖为客，
清樽不枉衰翁。
与松尝试共孤峰。
了却一生残梦。

桂枝香·教弩台^① 怀古

秋风台上。望落日楼头，
云幕翻涨。
人道曹公弩劲，却输天象。
刀光剑影飞何处，
只而今、佛音弥广。
事如流水，古今一瞬，
此时徒怅。

漫嗟叹、浮沉得丧。
趁此夕身闲，谐笑卿相。
淝水桥津犹在，
尔曹何向。
庄严寺外驱驰急，
看东门、声色流淌。
凭栏把酒，心仪柳郎，
浅斟低唱。

---

① 教弩台：也称"点将台""曹公教弩台"，位于安徽省合肥市淮河路东段北侧。据称，三国时期，曹操筑高台教练强弩兵将，因而得名。现为明教寺。

忆秦娥（新韵）

巢湖月。
碧波荡漾心头血。
心头血。
姥山影暗，
忠庙香灭。

关山漫道苦难越。
飞鸿只影情浓烈。
情浓烈。
天荒地老，
生生不却。

2015 年 8 月

凤凰台上忆吹箫·忆祖母

是夕，苦雨敲窗，忽思已去世多年的祖母。忆及过往天伦，涕泪横流，情不能自已。遂填一阕《凤凰台上忆吹箫》抒怀中郁结，感念养育之恩。

凄立西窗，碧穷天渺，
忽思村外荒郊。
任满空风雨，泪落容憔。
决眦坟头纸焰，
时哽咽、几近魂飘。
年虽久，儿孙未忘，
只想闲聊。

遥遥。
问天在哪，
千万次回眸，再也难交。
忆褓中八月，躬自亲教。
辛苦堪如牛蚁，
惟愿我、衣锦食肴。
常惊醒，残灯影随，
祖母来瞧。

2015 年 11 月

蝶恋花

湖水茫茫天意渺。

细柳轻扬，诉尽当年好。

独坐舟头摇短棹。

残阳身后沉芦草。

踏浪徐行青岸杳。

苦乐年华，万事随风了。

月上中天空自照。

影随星涌拍舷啸。

2016 年 6 月

南乡子

是夕，与儿时伙伴梁发宏君在宅中聚饮，兴酣而作。

携子置琼浆。
故旧今宵与话长。
相忘营营无限事，何忙。
醉里相瞧各已苍。

岁月几流光。
昔遇君时两少郎。
俯仰情通陪大笑，癫狂。
不负当年共雪霜。

2016 年 12 月 5 日

忆故人

秋雨绵绵，独坐西窗，忽忆远在巴西从事植物种子事业的隆平高科张秀宽君，遂填此词以怀故人。

满座江湖，气若兰，
把手携、欣然见。
相投情义聚樽前，
今夕天涯远。

君事桑农辗转。
万千家、村村遂愿。
待归何日，
苦雨终宵，千山遥盼。

2017 年 9 月 3 日

江城子

今返市公安局观摩特警演练，诸多场景引余回忆，往日之峥嵘岁月历历然如浮眼前。抚今追昔，感慨以记。

秋风铁甲竞相戗。
上巡航。下腾骧。
气势如虹、战步自铿锵。
沙场喊杀全勇壮，
惊日月，震八荒。

老夫虽已卸戎装。
位檐廊。但无妨。
天性多情，总念卫朝堂。
只叹无人听楚奏①，
琴在手，鬓生霜。

2017 年 9 月 27 日

---

① 楚奏：指典故"钟仪楚奏"，喻对故园之思念。

行香子（新韵）

风起东坡。秋染黄州。

送吾来、轻上亭楼。

雪堂竹绕，赤壁江流。

叹史中人、眼中迹、浪中舟。

无情水退，有意山留。

问谁生、今古闲愁。

逍遥此岁，虚老白头。

对一山云、一壶酒、一飞鸥。

2017 年 10 月 9 日于黄冈

忆秦娥

丁酉国庆，予专赴黄州，谒苏公。

乌台月。
森森霜气东坡咽。
东坡咽。
大江溅泪，
泰山崩裂。

黄州副使^① 堪人杰。
矶头词赋呕心血。
呕心血。
扁舟未逝，
一任风雪。

2017 年 10 月于黄冈

---

① 黄州副使：苏轼被贬黄州时所任职务是黄州团练副使。

满庭芳·寄黄君

三载堪凉，东风忽起，越五湖与三江。
往昔携手，同命共彷徨。
记取栖巢①挚语，唯有我、心袒胸张。
人生路，穿梭来往，君去事谁商。

无妨。
风雨过，青山更好，燕舞春光。
只今日专员，笑苦陈黄。
待得他年宴饮，持壶唱、醉语癫狂。
因缘里，相知一段，应念此情芳。

2017 年 10 月

---

① 栖巢：指栖巢咖啡馆。

雨霖铃·寄陈君（新韵）

别兮将去。
正春寒峭，弱柳无絮。
当堪此际回首，
思京华路，餐风淋雨。
更记君身未到，
竟独我沉郁。
恰兴时、挥手东西，
磊落情怀待追忆。

高山流水伯牙觅[①]。
古今同、碧玉泥沙俱。
稻香[②]更与信访[③]，
算你我、尽抒忠义。
可有他年，风起依缘，再度相聚。
夜月里、泪落沾衣，不忍思君语。

2018 年 3 月

---

①　此句用春秋时期俞伯牙和钟子期交往的典故。
②　稻香：指安徽省合肥市蜀山区稻香村街道。
③　信访：指安徽省合肥市信访局。

满庭芳·忆祖父母

余去乡迁籍几近三十载，故宅于风雨中颓毁。今回乡重建，睹物思亲，遂作《满庭芳》以记。

黯黯乡魂，虚空怅望，
兀自云卷心翻。
三十载去，犹恋旧时欢。
白发虽如霜染，
当真想、久绕膝前。
缘何故，亲恩未报，
遗恨浸余年。

苍天。
何戏我，音容笑貌，梦里频添。
待来世重逢，可识衰颜。
若问陈门子嗣，
欣喜报、今已齐肩。
新庐立，老家仍在，
归步自仙间。

2018 年 5 月

蝶恋花

一别天涯山水杳。
我唱阳关，落泪君嫌少。
犹记娇颜花底笑。
争知转眼苍天老。

阅尽人间谁最好。
秋水一方，隔岸兼葭渺。
对影彷徨愁故道。
风吹烟絮撩人恼。

忆江南·忆祖母

时光老，
梦里尽从前。
一日三餐愁少米，
寒冬腊月补粗衫。
每忆泪涟涟。

卜算子·记梦

携手正当欢，
昨夜分明见。
一枕黄粱向日消，
此恨如何算。

着意记娇颜，
苦乐随心转。
试抹双腮点点痕，
怕触当年愿。

满庭芳

柳影拂堤，蝉声溅水，
半湖瑟瑟红红。
暂闲心境，水岸沐清风。
目尽平波又起，
多少事、时灭时生。
芦丛隙，渔舟归晚，
天气正当晴。

从容。
休管那，千山万水，关隘重重。
但期许人间，岁月澄明。
忽叹时光将尽，
苍空下、暮鸟归鸣。
从今后，天涯梦断，此处最堪行。

2019 年 8 月

更漏子

九曲桥，包河柳。
往岁同来携手。
暮云散，意悬悬。
黛眉似月弯。

别路长，心魂守，
此地楼台日旧。
千万恨，付东川。
何时人复还。

2019 年 9 月

思帝乡·归乡

春草长。
垄头花更香。
信步无由停下，
旧池塘。

莫道归来已晚，
正仓皇。
忽觉乡音唤、
泪汪洋。

2020 年 3 月 22 日

忆少年

秋来庐下，秋来木落，秋来当客。
平生总相望，
但流年奔迫。

目尽南天人雁隔。
算重来、亦无长策。
相饶往昔事，
任新痕旧迹。

2020 年 8 月

折桂令

乞归来、且放劳身。
去岁无为，不也安神。
蜗角蝇头，由它作戏，
我自安贫。

来日少、余生尽饮。
羡渊明、不卸乌巾①。
总梦相邻。随处花黄，
篱下天真。

2020 年 8 月

---

① 乌巾：乌角巾。古代多借指隐居不仕者戴的帽子。

破阵子·观《八佰》^①

血溅四行仓库，
舍身岂计功高。
八百丈夫多烈士，
十里洋场有侠豪。
风华绝处骄。

亡我贼心未死，
西天多有魔妖。
蝇语蚊声时在耳，
北土南疆尽战袍。
梦回秦汉朝。

2020 年 9 月

---

① 　《八佰》：系一部反映1937年淞沪会战中国民革命军坚守上海四行仓库的
电影。

烛影摇红·悼哑伯 ①

　　庚子秋日，哑伯驾鹤西去，享年八十有四。每念及其一生孤残，便觉泪目。然其在故乡瘠土之上法天贵真、率性自然，亦不枉来世间。特填此阕以悼。

几许悲情，向晚风，
薄命来、安然去。
生前身后寂无声，
尝尽人间苦。

当此天庭召汝。
纵匆忙、犹生泪语。
九霄歌舞，宴席云环，终逢先祖。

2020 年 9 月 9 日

---

① 　哑伯：陈学如，享年84岁。

行香子

月下秋霜。地散清凉。

步移来、灿烂星光。

闲情几许，抛却穷忙。

正听松风、赏松韵、沐松香。

此地何方。此岁何藏。

剩多久、可供徜徉？

百年强半，用舍皆慌。

许一扁舟、一箪食、一张床。

2020 年 9 月 19 日

苍梧谣

（一）

山。似试忠心叠九环。
征途远，未老不离鞍。

（二）

山。马踏千峰过九关。
人间事，不怕有何难。

（三）

山。刺破云层上九天。
开怀笑，惊倒众神仙。

2020 年 9 月

千秋岁

霜凝翠失。尽染千层色。
西风劲,南飞客。
凭栏无限恨,莫问飘零迹。
多少事,匆匆都付寻常日。

纵有千秋笔。对此穷无术。
短亭外、长亭立。
新恩犹可冀,天数非人力。
身但健,行藏自在浑无敌。

2020 年 10 月 8 日

行香子

一树枝黄。满院秋光。

乘假日、独自闲忙。

青蔬红果，比压严妆。

任午时云、晨时雨、晚时霜。

虽过重阳。残菊犹香。

慢斟酒、倾尽壶觞。

偶然随兴，几句辞章。

等西风散、东风起、竹风扬。

2020 年 10 月 31 日

秦楼月

忽一日，梦祖父母归故宅做伴，问答相悦。甫一转身，祖父母弃我而去。遂填此阕以记。

黄土隔。
昨宵梦起伤心极。
伤心极。
依稀旧影，
恍如归客。

故园无尽相牵迹。
异乡当下风萧瑟。
风萧瑟。
此情犹是，
别时凄色。

2020 年 11 月 21 日

千秋岁

寒枝入水。藻荇浮天际。

山影瘦，芦花已。

星河不觉变，只是朱颜退。

归何日，一壶浊酒相娱醉。

长忆当年事。勒马纵横恣。

拼力处，犹堪喜。

多情应笑我，齿豁仍流泪。

苍空下，万千世路差相似。

2021 年 1 月 8 日

江城子·悼先生 [①]

死生千古隔重天。

恨婵娟。少心肝。

何不长情、留下老神仙。

纵使九霄无限好，

多少事，在人间。

谁教平仄把诗传。

忆当年。泪阑干。

奈我痴愚，无力续华篇。

寂寞哀声松菊下，

今再拜，别无言。

2021 年 1 月 27 日

---

① 先生：指陆世全老师，安徽省诗词学会原会长，吾古诗词启蒙老师。

西江月

不解此番棋局，
平生何故遭谗。
一腔忠愤郁怀间。
夜半凄然把盏。

江阔常悲雾锁，
此心争向婵娟。
可怜弹指又三年。
未嫁春风余憾。

2021 年 2 月 5 日

忆秦娥

江柳发。
残寒昨夜无情别。
无情别。年年岁岁，
有情春接。

不知今夕悬何月。
盈亏难耐天涯阔。
天涯阔。一声莺叫，
身心伤绝。

八声甘州 · 赠别

大风扬、聚万里云来，
蓦然散天边。
已春秋两载，
倾情守望，何愧家园。
自古人生易老，
你我可曾闲。
惟此际惆怅，漫浸心田。

不忍相看当下，
纵万千慷慨，堪与谁言。
叹年来世事，足下起轻寒。
但记得、寿州城内，
倾豪情、尽席话攻坚。
当还有、督查审稿，
日夜登攀。

2021 年 2 月 24 日

破阵子 · 参观新四军江北指挥部旧址 [①]

烽火群山遍起，
铁军南北驰奔。
驻地汤池驱敌寇，
策马江淮守国门。
风华绝代魂。

今岁相携拜祭，
神州万里同春。
拭却相思林下泪，
但忆功名册上人。
山河浩气存。

2021 年 4 月

---

① 　新四军江北指挥部旧址：位于安徽省庐江县汤池镇。

西江月

酒过三巡云散，
微身暂寄红尘。
笙歌笑语正芳春。
携手相看饮尽。

难得世间同醉，
几时方可归真。
曲终人散各驱奔。
不计天涯远近。

2021 年 4 月

临江仙

云雾峰头时聚散，
世风吹老书生。
衙斋将学种桃经。
当时不解事，今日忆叮咛。

归去不妨多载酒，
四时淡月微星。
蝇头蜗角等闲轻。
此身无俗骨，乐得忘营营。

2021 年 5 月 14 日

临江仙

午后青山斜雨，
眼前雾积云翻。
谁人识得此中欢。
风清摇翠叶，日出照家山。

记得去年庭院，
草长独对花残。
当时不顾数重艰。
谗言虽有影，身去亦心安。

2021 年 6 月 27 日

望海潮·纪念建党一百周年

红船惊浪，青莲出水，
南湖劲起雄风。
翻岭过江，摧枯灭朽，
每逢绝处腾龙。
日月耀苍穹。
万马踏雪末，千壑穿通。
终得天安，
一洗屈辱尽晴空。

康庄大道葱茏。
看赤旗漫卷，伟梦盈胸。
疆土万民，千秋史册，
尽歌我党勋功。
华夏日当红。
长记忠烈血，遍染芳丛。
一统江山正望，
何日告先翁。

2021 年 7 月 1 日

行香子

天际轻红，林下微风。
倚藤床、万事皆空。
金银味淡，栀子香浓。
正立花前、对花语、赏花容。

多歧世路，无穷人事。
笑平生、转似飞蓬。
而今山水，俱赠闲翁。
伴一溪云、一壶酒、一株松。

2021 年 7 月

雨霖铃

今日立秋，忽觉天气之肃杀，亦叹光阴之无常，遂涌万绪于笔端。闲仿古贤之风雅，聊遣凡子之幽怀。虽不免见笑于大方，然不负人生诗意之装点耳。特记之以词。

登临向北。
对初秋景，始觉萧瑟。
不时黄叶摇落，
又归雁去，长空无迹。
习习霜风趋紧，
更流水寒石。
望夕晖、层染云霞，
冉冉沉沉又将息。

情怀总被光阴蚀。
任消磨、义气仍无敌。
年来沦落何处，
争忍下、侧阶当客。
此际凝眸，长叹人间，万象无力。
纵便是、天路苍茫，
奈我超然笔。

2021 年 8 月 7 日

满庭芳

　　辛丑初秋，予因公访肥东二中。专入陶园，细访当年携手共植之数棵银杏，踱步良久，思绪万千。适新生入学，似回当年，遂感慨记之以《满庭芳》。

银杏陶然，故人何处，
悄分流水西东。
秋风随我，欣自步林丛。
扇叶铮然相应，
似相识、半老闲翁。
两三个，石碑绕近，
尽是少年容。

年光停往事，几番迷梦，
俱已成空。
却记得，桌前纸页羞红。
莫怨钱塘潮退，
应笑纳、淡月清风。
时空隔，人生苦短，
何日复相逢。

2021 年 9 月

西江月

　　辛丑年七夕，汪涛兄携抱月龄孙女首回湖滨之故乡，村邻倾情相迎，其乐也甚，其情亦深，嘱予作诗词以记，遂奉制一阕《西江月》。

　　　　天上翻飞乌鹊，
　　　　怀中捧抱明珠。
　　　　来归松竹故园庐。
　　　　水接山迎人聚。

　　　　懵懂还生伶俐，
　　　　咿呀又发呜呜。
　　　　笙歌风月满巢湖。
　　　　血脉情通今古。

　　　　　　　　　　　　　2021 年 9 月

念奴娇·抗美援朝七十一周年作

风烟散去，望星空，
华夏忠魂凝迹。
鸭绿江边，曾饮马，
摇撼寰球血碧。
五圣峰前，上甘岭①下，
铁骨堪无敌。
但凭一战，直教欧美气息。

且看当下山河，
正如君所愿，雄姿英立。
国富兵强，谁敢犯，
齐举千钧狂击。
我自多情，潸然向异域，
衣襟沾湿。
松涛碑矗，似招先烈遗魄。

2021 年 10 月 25 日

① 上甘岭：位于朝鲜半岛五圣山南麓的一个小村庄。抗美援朝战争中一场大规模战役在此发生，史称"上甘岭战役"。

千秋岁 · 祖父仙去二十五周年

　　阳历 1996 年 11 月 2 日，祖父遽然仙去，时已二十五周年。遥望荒坟故土，万感集于笔端，泣填一阕《千秋岁》，以寄余哀思。

　　　　　　寒鸦凄切。云暗秋风烈。
　　　　　　泪尽处，心撕裂。
　　　　　　黄泉幽隔久，犹记人间别。
　　　　　　俱梦里，殷勤抚我苍苍发。

　　　　　　故宅庭前月。痴照空明洁。
　　　　　　一生憾，同谁说。
　　　　　　当年归步晚，倚杖村头接。
　　　　　　今夕唤，荒田碑冷音尘绝。

2021 年 11 月

行香子（新韵）

清早阴阴。黄叶纷纷。

酒残头、醉眼三分。

昨宵好梦，抱月酣沉。

正一时迷、一时醒、一时昏。

黄州苏子，蜀麓柴门。

想今古、都有闲人。

从来真性，锐事拙身。

任一川风、一川雨、一川云。

2021 年 11 月

更漏子

桂枝芳，初相见。
秋水一湾心乱。
几行泪，梦成空。
路长岁月穷。

眉鬓残，鸿声断。
望处斜阳荒远。
无限意，各西东。
天涯无处逢。

卜算子

岁月共谁争，
一任须眉白。
雨送黄昏透骨寒，
尽目荒林迹。

古调少人弹，
新曲何人识。
种得南山野菊香，
不问红尘席。

苏幕遮

柳枝柔，坡草逸。
嫩绿轻盈，佳处愁烟织。
鸟雀呼春春复出。
藻荇多情，更比青苔石。

梦乡人，终作客。
好事除非，岁月堪从逆。
试问人间谁可失。
流水匆匆，无语斜阳立。

蝶恋花

忆昔城隍三五夜。

风烛龙灯，月色星光洒。

娇面羞花无尽话。

玉壶火树曾同把。

火冷灯微今老傻。

十里长街，歌舞齐喑哑。

欲问嫦娥何去也。

霜寒路远无车马。

西江月

欲计东风几许，
殷勤更拂杨枝。
闲看麓野着春衣。
嫩绿鹅黄淡紫。

明日还应晴好，
何妨今日寒随。
人间万事自轮回。
世路任他迢递。

更漏子

草迷川，花燃树。
几处早莺争舞。
风吹暖，水余寒。
遥思山外山。

人成各。事如昨。
长恨世情凉薄。
近夜梦，影空无。
几回滴泪珠。